AF324947

LE BASQUE

ET LES

LANGUES AMÉRICAINES

ÉTUDE COMPARATIVE

Lue au Congrès des Américanistes

A NANCY

LE 23 JUILLET 1875

PAR

Julien VINSON

CORRESPONDANT DE L'ACADÉMIE DE STANISLAS

PARIS

MAISONNEUVE ET Cⁱᵉ, LIBRAIRES.-ÉDITEURS

15, QUAI VOLTAIRE, 15

—

M DCCC LXXVI

1875

MAYATZA

LOREDUN ILHABETHEAN

EGUIN NUEN LAN CHUME HAU

ESKAINTZEN DIOT

A. d'Abbadie Institutuco yaun

MAITEARI

Bayona, ce 24 Nov. 1875

Julien Pinson

Au pied des Pyrénées, tout au fond du golfe de Gascogne,
le voyageur se trouve en présence de populations étranges ;
elles ont les mêmes mœurs, les mêmes habitudes que leurs
voisins Gascons ou Castillans, mais elles parlent un idiome
absolument différent. C'est dans son langage, en effet, qu'est
toute l'originalité du pays basque, qui n'a pas actuellement
d'existence politique distincte, et dont les habitants ne sont
point encore définitivement classés, au point de vue anthro-
pologique.

La question de l'origine des Basques est tout entière à
résoudre ; beaucoup d'esprits aventureux en ont prématuré-
ment entrepris l'étude, et, forts d'arguments linguistiques
insuffisants, ont présenté au monde savant, comme solutions
décisives du grave problème, d'ingénieuses hypothèses qui
ne résistent malheureusement pas à la moindre analyse mé-
thodique. Les uns ont rattaché les Basques aux Phéniciens
antiques ; d'autres en ont fait les descendants des Alains ;
d'autres se contentent d'y voir des Touraniens, expression
commode et élastique, mais, comme il est facile de s'en
convaincre, tout-à-fait vide de sens ; d'autres, plus sérieux,
affirment que les Ibères sont leurs ancêtres incontestés, mais

se gardent bien de rechercher la parenté des Ibères, ce qui n'apporte aucun jour sur la question principale. D'autres, enfin, arguant de circonstances et de phénomènes très-significatifs en apparence, supposent que les Basques ou, si l'on veut, les Ibères, ne formaient primitivement qu'une seule race avec les peuplades natives du Nouveau Monde. C'est cette dernière hypothèse que je me propose d'examiner dans les pages qui vont suivre.

Mais pour simplifier et faciliter la discussion, pour amener la conviction à se faire d'elle-même dans l'esprit de mes auditeurs, je crois utile d'exposer, en commençant, quelques principes généraux, de rappeler sommairement les procédés habituels de l'étude positive des langues, de résumer les notions déjà acquises sur leur nature et leur développement, et d'indiquer le véritable *criterium* de leur répartition générale et de leurs parentés possibles.

Comme on le sait, l'homme devient réellement homme par le langage qui peut être défini, en général, « la pensée sonore », ou, en d'autres termes « l'expression sonore de la pensée ». Or, la plus exacte manière d'exprimer la pensée est naturellement celle qui sait en rendre le mieux les diverses nuances. Que sont cependant les nuances de la pensée ? On peut s'en rendre compte par cette considération que les idées, les conceptions ou les intuitions peuvent être dirigées dans divers sens ; c'est-à-dire qu'il faut distinguer dans une idée, une conception ou une intuition, le fait qui est à sa base et la modification éprouvée par ce fait suivant le temps et l'espace. En résumé, toute pensée est susceptible non-seulement de « signification », mais encore de « relation »; et le langage le plus parfait, au point de vue de son organisation sonore, sera celui qui exprimera simultanément la pensée et sa manière d'être, le fait et sa modification, la signification et la relation.

Si nous classons, à ce point de vue, les mieux étudiés des nombreux idiomes européens et asiatiques ; si nous cherchons à nous rendre compte de la façon dont chacun d'eux a cherché à rendre la signification et la relation, nous les voyons se grouper en trois grandes catégories.

Dans la première se rangent les langues de l'Asie Sud-Orientale, le chinois et les autres langues dites *monosyllabiques* du continent indo-chinois, où les relations ne s'expriment point dans le langage et se rendent seulement par des procédés conventionnels extérieurs. Si l'on réduit ces idiomes à leur plus simple état, on se trouve en présence de mots primordiaux, de *racines* articulées d'une seule émission de voix et ne formant qu'une syllabe grammaticale, lesquelles ne peuvent avoir qu'une signification vague et générale. La proposition se compose de mots isolés que rien ne relie entre eux, aussi ces langues sont-elles connues sous le nom d'*isolantes*.

La seconde catégorie comprend les très-nombreux idiomes qui ne forment point une chaîne géographique continue mais se présentent sous l'aspect d'ilots indépendants. Ces idiomes sont supérieurs à ceux de la classe précédente, car ils savent exprimer la relation ; seulement, ce n'est pas dans le mot qu'ils l'expriment, c'est à côté du mot. A une racine significative on ajoute, soit devant, soit derrière, une autre racine qui devient en quelque sorte l'accessoire, le corollaire, le complément de la racine primitive, dont elle ne sert qu'à modifier le sens, et vis-à-vis de laquelle elle joue le rôle pour ainsi dire d'une enclitique. Ces racines de relation, ces mots secondaires s'emploient d'ailleurs aussi comme mots significatifs indépendants ; les racines se ramènent, en outre généralement, dans les langues les mieux étudiées, à une seule syllabe phonétique. Il est donc probable, qu'à l'origine, les langues de ce groupe étaient monosyllabiques et isolantes. Elles ne sont devenues *agglutinantes*, *agglomérantes* ou *composantes* que du jour où les racines subordonnées ont perdu leurs sens primitifs dans l'esprit de ceux qui les parlaient ; c'est à cette époque notamment que les idiomes altaïques ont vu se produire l'*harmonie des voyelles*, phénomène des plus remarquables, dont l'intervention marque l'assujettissement définitif des racines dérivatives, c'est-à-dire réduites à exprimer des rapports.

Un pareil procédé, quelqu'ingénieux qu'il soit, est cependant encore insuffisant, puisqu'il nécessite l'emploi de deux sons, de deux mots pour un seul acte de l'esprit. La pensée, en effet, reste une; elle change seulement de forme, de couleur, de direction. Il suit de là que le meilleur système linguistique sera celui qui indiquera la relation par un changement dans la forme de la racine significative laquelle restera une.

Ce système a été réalisé par les langues du troisième groupe, où il consiste à indiquer les rapports par une altération, une variation de la voyelle radicale du mot significatif. L'hébreu dit *Pa Qâ D* « il a vu », *Pi Q Qe D* « il a vu souvent », *ia P Qo D* « il verra » etc., et ces mots ne diffèrent que par leurs voyelles ; la même chose a lieu dans les langues indo-européennes, en sanscrit par exemple, où l'intercalation d'un *a* dans la dernière syllabe de *dadâmi* « je donne » change en objectivité la subjectivité du pronom, et produit la voix moyenne *dadâmai*. C'est donc uniquement, en considération de cette faculté, que les langues indo-européennes peuvent revendiquer une place à côté des langues sémitiques, qui sont évidemment les *langues à flexion* par excellence. Mais les linguistes ne sont pas d'accord sur ce point ; pour beaucoup d'entre eux, la véritable différence entre les idiomes agglutinants et les langues indo-européennes est dans l'abondance des racines subordonnées des premiers, et leur détachement respectif plus ou moins apparent ; pour ces savants, la flexion commence dès que les mots dérivatifs, les éléments formels sont tellement soudés à la racine significative qu'on ne les distingue pas *a priori*, et qu'on n'en a conservé aucune conscience dans le langage. Il me semble pourtant qu'il n'y a là en définitive qu'un degré d'agglutination, et je crois plus convenable de m'en tenir à la définition, à la théorie que j'ai exposée ci-dessus et qui est celle de l'illustre et à jamais regretté Schleicher (1) ; du même coup tombe l'hypothèse d'une classe linguistique spéciale pour les idiomes sémitiques.

La flexion, ainsi entendue, coexiste avec l'agglutination dans les langues indo-européennes et même dans les langues sémitiques ; il est de plus certain que toutes les racines primitives aryennes sont monosyllabiques. Aussi devons-nous regarder comme très-probable que les idiomes les plus parfaits ont passé tous par un état moins avancé, qu'ils ont été primitivemeut isolants, puis agglutinants, et que la flexion n'est chez eux qu'un perfectionnement ultérieur.

De ces observations résultent d'autres conséquences importantes. Si les langues à flexion sont les mieux organisées, et si elles ont passé successivement par deux états plus défectueux, il faut en conclure que le langage est essentiellement progressif, variable et modifiable dans le sens d'une amélioration constante de l'expression des relations. Or, les organismes linguistiques que nous avons actuellement sous les yeux ne présentent, dans leur histoire, que des phénomènes tout contraires : les langues modernes sont en général plus pauvres en formes grammaticales, en éléments dérivatifs, en racines enclitiques que celles d'où elles dérivent ; la comparaison du français au latin, ou de l'anglais au gotique est très-instructive à cet égard.

Les langues peuvent donc, pendant leur vie, éprouver deux sortes de changements dans leur aspect extérieur, dans leur forme. On a appelé *développement formel* la série des pre-

____

(1) Cf. ses ouvrages : *Die deutsche sprache,* 2ᵉ édition, Stuttgart, Cotta, 1869, 1 vol. in-8°, xii-348 p. —*Die sprachen europas,* Bonn, 1850, in-8°, x-270 p. — *Ueber die bedeutung der sprache für die naturgeschichte des menschen,* Weimar, 1865, petit in-8°, 29 p. — *Die darwinsche theorie und die sprachwissenschaft,* Weimar, 1863, 1 vol. in-8°, 29 p.

miers changements, ceux qu'amène la tendance à la meilleure expression des rapports, et *décadence formelle* la perte et la décroissance des éléments de relation. Comment concilier ces deux faits en apparence contradictoires ? Schleicher y est parvenu, en démontrant d'une façon très-précise, que si la vie générale des hommes se partage en deux périodes successives, — celle du développement physique, qui forme la période préhistorique de l'humanité, et celle du développement moral (jointe quelquefois à la décadence physique) qui forme la période historique, — la même division doit être adoptée pour la vie du langage. Il y a donc eu, dans toute langue, une période préhistorique, celle du développement formel, et une période historique, celle de la décadence formelle : la décadence formelle, qui provient principalement de l'oubli du sens primitif des affixes relatifs, et de la tendance à faciliter et à abréger la diction, peut être entièrement assimilée au phénomène bien connu des naturalistes, sous la désignation de *métamorphose régressive*.

Une objection, sérieuse en apparence, semble affaiblir la portée de ces propositions. En analysant les langues actuellement vivantes, on y rencontre des formes grammaticales que ne possédaient pas leurs devancières et qui n'ont pu être produites, vu l'âge de ces langues, que pendant la période historique de leur vie. L'argument est spécieux, mais il est aisé de le réfuter. De telles formes ainsi produites ne sont en réalité que des périphrases, des composés ; elles sont constituées, non par des racines nues (l'homme historique n'en a plus à sa disposition), mais par des mots déjà formels, c'est-à-dire étant eux-mêmes le produit de l'union de racines de relation à une racine principale significative. On sait, par exemple, que tel est le cas du futur des langues romanes. Ces périphrases, ces composés peuvent d'ailleurs être victimes eux-mêmes de la décadence, et devenir méconnaissables dans la suite des temps.

Pour ne pas allonger démesurément ces préliminaires, je

me bornerai à rappeler, sans autres détails, que la science du langage peut être envisagée de deux façons différentes ; en d'autres termes, qu'elle se divise en deux sciences parallèles, qui ont l'une avec l'autre des rapports fréquents et nombreux, mais qui sont tout à fait distinctes quant à leur but et, par suite, quant à leur méthode : la *philologie* et la *linguistique*. La *philologie*, science historique, a pour objet l'étude de la vie intellectuelle d'un peuple, au moyen du langage considéré comme l'expression de la pensée. La *linguistique* s'occupe du langage en lui-même, considéré comme un fait naturel ; les organismes phoniques qui constituent son objet, sont des produits spontanés et inconscients, soumis à la grande loi de la variabilité suivant les influences de milieux, de climats, de société, d'isolement, etc., mais aussi incapables de se modifier sous l'action d'une volonté extérieure ou intérieure qu'un quelconque des animaux ou végétaux qui nous entourent ; c'est pourquoi tous les essais de création de langages artificiels ont misérablement avorté. Les êtres linguistiques sont soumis également à la loi terrible de la *concurrence vitale*.

La méthode de la science du langage, dans ce dernier sens, doit être évidemment celle des sciences naturelles. Elle doit tout d'abord étudier isolément les éléments constitutifs des langues, leur nature, leur composition matérielle, leurs modifications, leurs affinités, leurs tendances ; elle doit ensuite, à l'aide des éléments déterminés de la sorte dans plusieurs organismes, établir une classification générale toujours flexible, toujours accessible à l'introduction dans la série de nouveaux membres doués de caractères élémentaires spéciaux.

On sait que la grammaire, c'est-à-dire l'ensemble des études analytiques dont les langues sont susceptibles, se divise en quatre parties principales : la *phonétique*, ou la recherche des sons et des bruits qui constituent la charpente, le squelette, le corps matériel du langage ; la *morphologie*, ou l'examen des éléments formels ; la *fonctiologie*, si ce néologisme ne paraît pas trop hardi, qui traite de la fonction, c'est-à-dire des modifications de sens éprouvées par chaque expression sonore, chaque racine, durant le cours de sa vie ; et la *syntaxe*, qui s'occupe de reconnaître le mode de développement des propositions. .

Il résulte de ces principes que, pour déterminer la nature et la place naturelle d'un idiome nouveau, le linguiste doit tenir compte des particularités qu'il présente dans chacune des divisions de la grammaire. Il faut, pour qu'une langue soit définitivement classée, connaître les sons qu'elle emploie et leurs variations, les éléments formels dont elle se sert et leur mode de groupement, les racines qui constituent son corps matériel, enfin les règles principales de sa syntaxe. Il n'est pas moins nécessaire de ne comparer que des idiomes pris à un même degré de formation, en les ramenant par exemple au point culminant de leur développement formel. Enfin, pour conclure à une communauté d'origine de deux idiomes, il sera indispensable que leurs principaux éléments grammaticaux soient non-seulement analogues par leur fonction, mais encore qu'ils se ressemblent phonétiquement d'une manière suffisante pour rendre admissible l'hypothèse de leur identité primitive.

La parenté de deux ou plusieurs langues ne saurait en effet résulter uniquement d'une même physionomie extérieure ; si les racines significatives qui sont après tout le fond propre, la haute originalité du langage, se trouvent totalement différentes de l'une à l'autre, il sera sage de ne point affirmer que ces langues proviennent d'une source commune. Dans des idiomes aussi vieux, aussi historiquement éprouvés que les langues indo-européennes ou sémitiques, la persistance des principales racines est si remarquable qu'on ne saurait comprendre leur changement dans des idiomes congénères. Le fait souvent invoqué, peut-être à la hâte, de patois océaniens ou américains dont le vocabulaire se serait trouvé totalement renouvelé en quelques années, n'est nullement confirmé; cet argument a d'autant moins de valeur qu'il s'agit de dialectes fort peu connus, et dont on n'a point encore abordé l'étude scientifique. Serait-il exact d'ailleurs, il prouverait seulement que telle peuplade a changé de langue, mais n'autoriserait point à conclure que le sanscrit et l'hébreu, que le turc et le tamoul, que le basque et l'algonquin dérivent d'un même parler primordial. Ce qui caractérise essentiellement une langue, ce sont ses racines ; et c'est surtout parce que les mêmes racines se retrouvent identiques, sous la même forme sonore, chez certaines races linguistiques que la science les a reconnues pour réellement parentes, quoique souvent la fonction de ces organismes élémentaires ait diversement varié.

Si l'on s'étonnait de l'importance que j'accorde au vocabulaire alors que d'ordinaire les linguistes repoussent les assimilations de mots, il me serait aisé de répondre qu'il y a ici avant tout une question de méthode. Que prouvent des listes de mots réunis sans ordre par un voyageur, un amateur de circonstance, qui n'a d'autre mérite, d'autre expérience, d'autre science même que sa bonne volonté? pour que de pareils rapprochements soient probants, il faut qu'ils viennent seulement après qu'on a démontré l'identité générale des grammaires, après qu'on a distingué les éléments formels, après qu'on a ramené les mots significatifs et les mots de relation à leur plus simple et plus primitif aspect sonore. Le grec ἥλιος et le sémite *el* cessent de se ressembler dès que l'on apprend que ἥλιος pour ἀέλιος pour ἀϝέλιος pour σαϝέλιος vient de *sawaryas* « l'excitateur » ? Le grec moderne ματί « œil », le polynésien *mata* « œil » et le lituanien *mataú* « je vois », malgré leur similitude apparente, n'ont rien de commun l'un avec l'autre. A plus forte raison, ne saurait-on accepter un seul moment la soi-disant « famille touranienne » dans laquelle un métaphysicien anglo-allemand voudrait englober tous les idiomes de la seconde catégorie. Il n'y aurait pas de raison, si l'on y consentait, pour refuser d'admettre la parenté du sanscrit, du chinois et du basque, et pour repousser l'hypothèse d'une langue primitive unique dont les lambeaux doivent se retrouver épars sur toute la surface du globe.

Mais, avant d'examiner l'hypothèse d'une alliance entre le basque et l'américanisme, qu'on me permette ce terme (on dit bien germanisme, sémitisme), nous avons à décrire d'une façon aussi générale que sommaire le système grammatical de la langue basque d'une part et des langues américaines de l'autre ; ce n'est qu'après ce double examen, parallèle et simultané, qu'il sera possible d'aborder la grave question qui fait l'objet principal de ce travail.

II.

La langue basque n'offre aujourd'hui aucun intérêt pratique, elle est manifestement en train de disparaître, surtout dans la région de l'Espagne où elle est encore en usage. Elle se corrompt de plus en plus par l'intrusion de mots étrangers, et dans les localités un peu importantes, où l'activité de la vie moderne se fait plus vivement sentir, les habitants apportent dans leur langage des tournures purement françaises ou espagnoles. Au point de vue social et humanitaire, il faut sans contredit se féliciter de la mort prochaine d'un idiome défectueux et incommode, qui est un obstacle redoutable à l'éducation de populations intelligentes. Quoi qu'il en soit, il existe peu de villages où le basque soit exclusivement parlé de nos jours. Autour du périmètre où il est le langage habituel des habitants, on trouve, sur beaucoup de points, une zône intermédiaire où le basque n'est plus connu que de la minorité des gens du pays (1) ; cette zône doit néanmoins

____

(1) Le prince L.-L. Bonaparte a constaté par exemple que dans la vallée de Roncal (Navarre espagnole), sauf à Uztarroz et à

être comprise dans les limites géographiques de l'idiome, puisque les personnes qui y parlent le basque le savent de naissance et ne l'ont jamais appris.

En vertu des principes que nous venons d'énoncer, nous pouvons donner la liste suivante des villes et villages actuellement basques, d'après l'excellente et admirable *carte linguistique* du prince L.-L. Bonaparte (1) : Saint-Pierre d'Irube (près Bayonne), Lahonce, Urcuit, Briscous, Bardos, Ayherre, Istúritz, Orègue, Arrauté-Charritte, Ilharre, Etcharry, Arrast, l'Hôpital-Saint-Blaise, Esquiule, Tardets, Haux, Sainte-Engràce, le pic Arlas (à la limite franco-espagnole), Isaba, Garde, Burgui, Vidangoz, Ripalda, Racas alto, Ayechu, Mugueta, Turrillas, Besolla, Equisoain, Alzorriz, Yarnos, Bariain, Iracheta, Orisoain, Oloriz, Garinoain, Puente-la-Reyna, Soracoiz, Gorasoain, Viguria, Iturgoyen, Gogni, Liçarraga, Ciordia, les montagnes de Alzania et de San-Adrian, Larrea, Nauclares-de-Gamboa, Ciriane, Olano, le mont de Gorbe, Lezama, Luyando, San-Roman, Begogna,

---

Isaba, les hommes ne parlent basque qu'avec leurs femmes et se servent entre eux de l'espagnol ; il en est de même à Ochagavia, dans la vallée de Salazar (*Etudes sur les trois dialectes basques des vallées d'Aezcoa, de Salazar et de Roncal*, Londres, 1872, un grand in-4° (iv-24 p.). A Burgui, dans la même vallée, le basque n'est plus connu que par quelques personnes âgées ; il en est à peu près de même à Zizur-mayor, ce village voisin de Pampelune, où un aérostat me conduisit le 29 mars 1875 et où nous trouvâmes si peu d'hospitalité, conformément au vieux proverbe *Dohacaizdunak Zizurren ilhuna* « le malheureux trouve l'obscurité, l'ombre, la tristesse à Zizur » (*Proverbes basques*, recueillis par A. Oihenart, n° 117).

(1) *Carte des sept provinces basques* montrant la délimitation actuelle de l'euscara et sa division en dialectes, sous-dialectes et variétés, par le prince L.-L. BONAPARTE. *Londres*, 1863 (publiée en 1869), établissement géographique de Standford.

Abando, Baracaldo et le bord de la mer depuis l'embouchure de la rivière de Bilbao jusqu'aux deux tiers de l'espace compris entre Bidart et Biarritz, d'où la ligne de démarcation rejoint Saint-Pierre d'Irube, par Bassussarry. Ni Bayonne, ni Pampelune, ni Bilbao ne sont basques. La région ainsi délimitée comprend un peu plus du tiers occidental du département français des Basses-Pyrénées (arrondissements de Bayonne et de Mauléon presque entiers), la moitié septentrionale de la province espagnole de Navarre, la province de Guipuzcoa tout entière, un dixième environ de l'Alava et plus des trois quarts de la Biscaye.

Il ne faut pas oublier non plus que le basque est parlé au Mexique, à Montevideo et à La Plata par de nombreux émigrants européens, mais au bout de deux ou trois générations, leurs descendants l'auront entièrement désappris. Le prince L.-L. Bonaparte compte environ 660,000 basques espagnols et 140,000 basques français. Le même savant a reconnu l'existence de huit dialectes qu'il convient de mentionner ici; on observe, de l'un à l'autre, des différences souvent très importantes. Ce sont, en France, 1° le *labourdin*, parlé dans la partie sud-ouest de l'arrondissement de Bayonne; 2° le *souletin*, dans le sud-est de l'arrondissement de Mauléon ; 3° le *bas-navarrais occidental* dans le nord-est de l'arrondissement de Bayonne; 4° le *bas-navarrais oriental* dans le nord-ouest de l'arrondissement de Mauléon ; — en Espagne, 5° le *biscayen*, dans la Biscaye, l'Alava et le tiers occidental du Guipuzcoa; 6° le *guipuzcoan,* dans le reste de la province de Guipuzcoa ; 7° le *haut-navarrais septentrional* dans quelques villages du Guipuzcoa sur la frontière française et dans la partie de la Navarre qui confine à la même province ; 8° enfin, le *haut-navarrais méridional* dans le surplus de la Navarre basque. Ces huit dialectes se subdivisent en vingt-cinq principales variétés.

Le nom propre et original du basque est *eskuara, euskara, uskara,* d'étymologie incertaine, d'où l'on a formé l'adjectif français « euscarien » et d'où dérive le nom national des Basques, *eskualdunak* ou *euskaldunak*, litt. « ceux qui ont l'escuara ».

Les langues américaines que nous devrons mettre en comparaison avec le vieil idiome des Pyrénées ne comprennent pas toutes celles du Nouveau Monde. On sait que, suivant notamment M. Fr. Müller, de Vienne (1), aucune partie du globe n'est proportionnellement moins peuplée que l'Amérique et ne présente cependant à l'observateur un nombre plus considérable de langues ou de groupes de langues distincts. Le savant professeur énumère en effet, du Nord au Sud des deux continents, vingt-six races linguistiques différentes : les idiomes kenaï, athapaches (apaches, navajos, umpquas, etc.), algonquins, iroquois, dakotas , pani, apalaches (natchez, muscodji, chaktas, chéroqui), koloche et autres dialectes de la côte nord-orientale, orégoniens, californiens, yumas, *sonoriens* et *texiens, mexicains*, aztèques, maya (maya, huastèque), *guatémaliens* et *antillais*, caraïbes, tupis, *andéens*, araucaniens, guaicuru et abiponique, puelche, tehuel, pechairais, chibcha et quichua-aymara. Nous avons donné à ces noms une physionomie aussi française que possible, ce qui n'est pas toujours facile quand on se trouve en présence de certaines déplorables transcriptions anglaises. Pour quelques-uns de ces idiomes, comme pour plusieurs de leurs dialectes sur lesquels nous aurons à revenir, on a d'ailleurs l'orthographe française des premiers voyageurs et des missionnaires ; nous n'avons pas cru toutefois pouvoir aller jusqu'à adopter les appellations tirées de surnoms ou de sobriquets donnés naguère par les Européens à telles ou telles peuplades : il y avait par exemple le sauteux (chippeway, dialecte algonquin), le courte-oreille, etc.

Il faut tout d'abord écarter les idiomes dont nous avons

____

(1) *Allgemeine ethnographie.* Vienne, 1873, in-8°, 550 p.

2

écrit les noms en lettres italiques ; ils sont isolants, c'est-à-dire morphologiquement analogues au chinois ; ils semblent d'ailleurs fort différents les uns des autres quant au vocabulaire, mais ils n'offrent au linguiste aucune particularité originale et n'appartiennent pas à ce qu'on appelle proprement le système des langues américaines, l'américanisme. Il faut donc voir ce qu'est ce système en étudiant les autres idiomes. Faute de documents précis, il ne me sera pas possible de comprendre dans cet examen l'universalité des dialectes du Nouveau Monde ; les livres qui leur ont été consacrés sont ou trop rares, ou trop peu nombreux, ou trop mal faits, pour que j'aie pu m'en servir. Je me bornerai, tout en utilisant un certain nombre de renseignements sérieux relatifs à divers autres idiomes, à prendre pour types de comparaison les deux groupes importants des langues algonquines et iroquoises (1), le premier surtout dont on a spécialement rapproché le basque. Le travail sera ainsi de beaucoup simplifié ; il est d'autant plus possible de se borner à cette étude partielle que, d'après tous les auteurs, si les langues américaines proprement dites diffèrent radicalement entre elles quant au vocabulaire, elles offrent une conformité absolue quant à l'aspect général, le procédé morphologique.

---

(1) Les ouvrages que j'ai pu consulter sont les suivants :

DUPONCEAU. Mémoire sur le système grammatical des langues de quelques nations indiennes de l'Amérique du Nord. *Paris.* 1836, in-8°, (XVI) -464 p.

J. HOWSE. A Grammar of the cree language, with which is combined an analysis of the Chippeway dialect. *London,* Trübner and C°, 1865 (2ᶜ éd.), xx-324 p.

FR. MÜLLER. Der Grammatische bau der Algonquin Sprache (dans les *Sitzungsberichte der kaiserlichen Akademie der Wissenschaften,* Vienne, juin 1867, p. 132-154.

N. O. Etudes philologiques sur quelques langues sauvages de l'Amérique. *Montréal,* 1866, in-8°, 160 p.

L'algonquin et l'iroquois sont les idiomes originaux des peuples indigènes du Nord de l'Amérique, les mieux connus en Europe, et dont un grand nombre de romans ont vulgarisé les noms. Les dialectes algonquins, entre lesquels on a constaté une réelle communauté de vocabulaire et une conformité grammaticale véritable, sont assez nombreux. Ils sont parlés par des tribus diverses, sur un territoire très-étendu, compris entre le quarantième et le soixantième degré de latitude Nord, du Mississipi à l'Atlantique, et qui embrasse les régions suivantes : toute l'ancienne Acadie française (dialectes souriquois, micmac, etchémin, abénaki, pénobscotien, passamoquoddien), les Etats de l'Union Massachusetts, Rhode-Island (Narragansetts), Connecticut (Mohican), New-York (trois dialectes), New-Jersey, Pensylvanie et Delaware (Lénâpé), Maryland, Géorgie, enfin l'ancien Canada français (Algonquin proprement dit, chippeway, ottawa, ménoméni, knistémaux ou cri) : nous n'avons pas énuméré tous les patois. Quant aux tribus iroquoises, elles étaient naguère encore établies autour des grands lacs ; elles étaient au nombre de six et parlaient le mohawk, l'onondaga, le sénéca, l'onéida, le tuscarora et le cayuga. Les Hurons appartenaient à la famille iroquoise.

III.

*Analyse sommaire du basque et des langues américaines
en général.*

PHONÉTIQUE. — L'alphabet algonquin paraît ne comprendre que les sons suivants : VOYELLES *a, â, i, î, u* (*ou* français), *û, o, ô, ai, au* (?) ; SEMI-VOYELLES *y*, et *w* anglais que les anciens missionnaires français transcrivaient par un 8 sous prétexte que ce chiffre ressemble à la ligature *ou* des manuscrits grecs ; CONSONNES gutturales *k, g* ; palatales *tch, dj* ; dentales *t, d* ; labiales *p, b* ; continues *n* guttural, *n, m, ch, j* français, *s, z* et *h*. Tous les dialectes connaissent plus ou moins les voyelles nasales *an, on* ; quelques-uns emploient la vibrante *l*. Je ne puis entrer dans la description des permutations dialectales qui n'offrent au surplus rien d'extraordinaire : ainsi le *z* chippeway correspond à un *ts* lénâpé ; le lénâpé a seul la forte soufflante appelée *jota* en espagnol et représentée communément par le *ch* allemand dur, etc. Il paraît que le son le plus difficile est le *w* ou *u* consonne, sifflé et prononcé de la gorge qui est spécial au lénâpé et qui est remplacé, dans les autres dialectes, par un *u* voyelle franc.

L'iroquois est plus pauvre que l'algonquin ; il a bien les cinq voyelles simples *a, i, u, é, o* ; les deux semi-voyelles *y* et *w* ; trois voyelles nasales, *an, en, on* ; mais il ne possède, s'il faut en croire les grammairiens, que six consonnes *k, t, n, r, s* et *h* guttural. L'absence de labiales est un fait remarquable ; quelques auteurs accordent pourtant le *f* à certains dialectes iroquois. Cette soufflante, qui manque à l'algonquin de même que le *v*, est pourtant familière à quelques idiomes de la Floride, le chéroqui et le chaktâs par exemple.

D'autres langues offriraient un matériel phonique bien plus considérable ; ainsi les idiomes mame-huastèque ont, suivant M. de Charencey, toute une série de consonnes *détonnantes* explosives et continues. Ailleurs, nous trouverions une grande richesse de sons mixtes, tels que les *l, n, t,* mouillés. Il est extrêmement difficile, en présence du silence habituel des grammaires américaines sur la phonétique et de leur façon peu scientifique d'analyser l'idiome qu'elles prétendent décrire, de se faire une idée de l'état primitif et du développement de tous ses sons. Quoi qu'il en soit, le caractère commun à tous ces idiomes semble être une pauvreté générale en consonnes ; la prédominance des gutturales dures, des sifflantes et des nasales ; enfin une aversion constante pour les géminations et les groupements de consonnes : il est probable qu'à l'origine les mots se composaient d'une suite de syllabes régulièrement formées d'une consonne et d'une voyelle.

Il devait en être de même en basque où la gémination est encore tout-à-fait interdite, mais qui, dans le parler actuel, laisse tomber beaucoup de consonnes douces. L'eskuara aime les sifflantes, les nasales et les gutturales dures. Son alphabet général est fort compliqué, ' puisque le prince Bonaparte y compte 13 voyelles simples et 38 consonnes et qu'il faut ajouter à ces 51 éléments phonétiques 6 voyelles diphthongues et les consonnes aspirées. En réduisant ces sons à ceux qui sont probablement les seuls primitifs, on obtient la liste suivante : VOYELLES SIMPLES, *a, i, u, e, o* ; DIPHTHONGUES, *ai, ei, oi, ui, au, eu* ; SEMI-VOYELLES, *y, w* (cette dernière seulement euphonique) ; CONSONNES explosives gutturales *k, g, kh* ; palatales, *tch, ts* ; dentales, *t, d, th* ; labiales, *p, b, ph* ; continues nasales *n* guttural, *n* mouillé palatal (*gn* français), *n, m* ; soufflantes et bourdonnantes *h, ch, z, s, r* dur, *r* doux, *l*. Pour avoir le tableau complet, il faudrait ajouter un grand nombre de sons dérivés, par exemple la voyelle *ü*, le *j* français, la *jota* espagnole, *l* mouillé, et d'autres consonnes mouillées analogues aux *ty, gy* hongrois. Nous ne pouvons nous arrêter non plus aux permutations dialectiques.

MORPHOLOGIE. — La dérivation s'opère dans les langues américaines, et surtout dans les familles algonquine et iroquoise, par la suffixation des éléments formels, excepté quand ces éléments sont pronominanx. Il en est de même en basque où les pronoms peuvent néanmoins être suffixés.

Tous ces idiomes possèdent de nombreuses formes grammaticales obtenues par l'accumulation de suffixes divers. La déclinaison n'existe pour ainsi dire pas ou plutôt elle développe un nombre infini de cas indirects ; quant aux cas directs les plus essentiels, le génitif, le datif, l'accusatif, ils manquent aux langues américaines où l'incorporation des régimes au verbe dont nous parlerons tout-a-l'heure les rendent inutiles. Le basque a, au contraire, un génitif et un datif bien précis ; quant à l'accusatif, il n'en connaît pas, en ce sens que chaque nom a deux formes principales, une active et une moyenne, objective ; la première ne peut être employée que comme sujet d'un verbe transitif et dérive de la seconde qui peut servir soit de sujet à un verbe intransitif, soit de régime à un verbe transitif. L'algonquin, l'iroquois et le basque ont de plus une grande quantité de syllabes ou particules diminutives, augmentatives, négatives, dédaigneuses, honorables, etc., qui permettent de nuancer indéfiniment le sens des mots. Les mêmes phénomènes se retrouvent, plus ou moins, dans tous les idiomes agglutinants : si le magyare a un accusatif, il évite, comme nous allons le dire, le génitif ; les langues dravidiennes ont un datif, mais elles n'ont aucune idée de l'accusatif et remplacent le génitif par une construction grammaticale.

On se rend on ne peut mieux compte de toutes ces particularités, si l'on observe qu'après tout, au point de vue de l'effet produit, les suffixes de l'agglutination sont absolument pareils à nos prépositions. Comment s'étonner de formes telles que le basque *sartze-ra-co-an* « entrer-vers-pour-dans » c'est-à-dire « au moment d'entrer », lorsqu'on peut dire en français : « Il est venu *jusque près de chez* moi » ?

Les dialectes algonquins ont un article, qui est proprement *mo, me,* ou *m' (monko* « cela » en patois de Massachusetts) ; mais beaucoup d'auteurs l'ont méconnu, parce qu'il s'est souvent tellement confondu avec le nom déterminé (auquel il est toujours préfixé) qu'il paraît en faire partie intégrante aujourd'hui ; en lénâpé, on dit *hittuk* « arbre », *m'hittuk* « l'arbre », *n'hittuk* « mon arbre », *k'hittuk* « ton arbre » ; mais en chippeway, on dit *mittig* « arbre » ou « l'arbre » et *ni mittig* « mon arbre », *ki mittig* « ton arbre ». Il ne semble pas que l'article existe en iroquois ; mais beaucoup de langues américaines le possèdent. — En basque, c'est le suffixe final *a,* pronom démonstratif de 3e personne, comme dans toutes les langues qui ont un article, y compris le magyare.

En tamoul (langues dravidiennes), il y a des tendances à l'article dans un certain emploi déterminatif du pronom démonstratif *adu* « cela » et dans les noms de parenté *tandei* « père », *tambi* « frère cadet », *tangei* « sœur cadette », d'où l'on dérive soit *endei*, soit *entandei* « mon père » ; soit *engei*, soit *entangei* « ma petite sœur ».

Les pronoms personnels algonquins sont remarquables : celui de la première personne est *ni,* celui de la seconde *ki,* et le démonstratif ordinaire de la troisième *o* ou *u.* On n'a pas manqué de signaler l'identité de ces pronoms avec ceux de l'hébreu d'une part et du basque de l'autre ; l'eskuara dit en effet *ni* « je, moi », *hi* (dont le primitif est incontestablement *ki*) « tu, toi », et *a, hura, hori, hau* « lui, celui-là, celui-ci ». Les pronoms iroquois sont tout différents : leurs primitifs paraissent être quelque chose comme *ka* « je », *sa* « tu », et *ra* « lui ». Ces pronoms, sous leur forme pleine ou sous une forme abrégée (c'est-à-dire réduits souvent à leur première lettre), se préfixent aux noms et aux verbes , soit pour indiquer la possession substantive, soit pour marquer les diverses relations de sujet à régime. Toutefois, le basque, de même que les langues dravidiennes, ne peut pas indiquer ainsi la possession ; on sait au contraire que les langues altaïques font un emploi constant des affixes possessifs.

Dans les langues américaines, comme en basque, il n'y a pas, à proprement parler, de genres. Ce fait est ordinaire aux langues agglutinantes et reçoit son explication naturelle de l'évidente tendance du parler primitif à l'individualisation excessive. Ce n'est qu'à une époque très-récente et sous l'influence des dialectes aryens que le tamoul a développé une triple conjugaison, masculine, féminine, et neutre, à la troisième personne singulière de ses verbes. L'algonquin, l'iroquois, etc., distinguent cependant, si l'on veut, deux genres, qu'on a appelés l'*animé* et l'*inanimé,* mais la distinction n'est pas partout la même ; ces deux genres sont caractérisés, dans la déclinaison et la conjugaison, par des éléments formels différents ; ainsi, en algonquin, la marque du pluriel animé est *k* ; celle du pluriel inanimé est *n*. En iroquois, les femmes et les enfants font partie de la classe inanimée, inférieure, ignoble, comme disent les grammairiens ; ceci ne saurait nous étonner, car, dans l'Inde dravidienne, les enfants sont toujours du genre neutre qui comprend même les femmes en télinga : dans ce dernier idiome toutefois, les femmes cessent d'appartenir au genre neutre, et rentrent dans la même catégorie que les hommes, lorsqu'elles sont au moins deux réunies : les noms de femmes ont le même pluriel que les noms d'hommes. Les langues dravidiennes observent en effet cette distinction du genre noble et ignoble, dont le premier se subdivise en masculin et en féminin ; mais elle est beaucoup moins développée qu'en américain. Elle l'est encore moins en escuara, où elle se réduit à quelques suffixes déclinatifs spéciaux ; mais elle paraît exister pleinement dans les langues africaines. Le suffixe pluriel général du basque est *k,* comme en magyare.

Le basque ne distingue pas les genres, mais il présente, dans sa conjugaison, une particularité de sexualité qui nous aide à comprendre la division des nombres en américain ; il a des formes verbales *allocutives,* où le sexe de l'auditeur est indiqué par un suffixe spécial : il dira par exemple *eztakinat* « je ne le sais pas, ô toi femme ! » et *eztakiat* (pour *eztakikat*) « je ne le sais pas, ô toi homme ! ». Le principe de pareilles formations est encore la particularisation, si ce mot peut être employé, de celui qui parle, sa tendance à s'individualiser, à se distinguer de son interlocuteur. C'est en vertu du même principe que les idiomes américains ont développé deux pluriels dits *inclusif* et *exclusif.* On aura, par exemple, en chippeway, *kenawun* « nous » c'est-à-dire « toi et moi » ou « toi, moi et lui », et *nenawun* « nous » c'est-à-dire « moi et lui ». Cette distinction n'est pas connue en basque où *gu* et *zu* sont les pluriels uniques de *ni* et *hi,* comme *nous* et *vous* sont ceux de *je* et *tu ;* mais on en trouve des traces en dravidien : le tamoul, le télinga, le malayâla ont deux pronoms pluriels de première personne et savent dire : *nâm* « nous » (tamoul) et *nângal* « nous, non compris l'auditeur ». Ce phénomène se retrouve en mongol, en mandchou, en australien, en polynésien, et même dans ces formes des langues romanes *nosotros, nous autres, voi altri.* — L'iroquois possède le duel inconnu à l'algonquin et au basque.

Mais c'est dans la conjugaison que gît la principale originalité des langues américaines. A vrai dire, ces idiomes ne font pour ainsi dire pas de distinction entre le nom et le verbe ; toutes les racines sont traitées de la même façon, et susceptibles de recevoir les mêmes préfixes et suffixes, ce qui surprend beaucoup les personnes habituées à la rigueur de la grammaire aryenne, mais ce qui est habituel aux langues agglutinantes. Par là s'expliquent fort bien la déclinaison verbale et la conjugaison nominale des langues dravidiennes où *sârndây* « tu es arrivé » et *ku* « à » donnent *sârndâykku* « à toi qui es arrivé » et où de *adi* « pied, infériorité » et *ên* « suffixe pronominal de 1ʳᵉ personne » on forme *adiyên* « je suis esclave ». Par là s'explique de même l'analogie morphologique entre *atyank* « notre père » et *varunk* « nous attendons », en hongrois. Les langues sémitiques procèdent d'une manière analogue. De pareilles dérivations sont logiques et naturelles ; elles se comprennent fort bien, si l'on se rend compte qu'elles proviennent du sentiment de l'indépendance originelle des radicaux juxtaposés. L'agglutination, en un mot, ne procède pas autrement que nos langues analytiques modernes, avec une importante différence néanmoins : dans les idiomes de la seconde grande classe linguistique, les éléments combinés sont des racines nues et par suite ces formations remontent à la période inconsciente et préhistorique du langage, tandis qu'en français, en anglais, en italien, les éléments de différenciation, si j'ose m'exprimer ainsi, sont des mots déjà formels, déjà dérivés eux-mêmes, et les dérivations ainsi produites sont des compositions souvent volontaires, inventées pendant la période historique de la vie des langues.

L'abondance des formes du verbe américain en général est par conséquent toute naturelle. Est-il vrai, comme le prétend le R. Edwin James, missionnaire anglican, que le chippeway en ait six ou huit mille pour chaque verbe ? Nous l'ignorons, mais cela paraît fort possible quand on songe à la multiplicité des relations et des nuances que l'on peut avoir à rendre : RELATIONS D'ESPACE produisant les *conjugaisons personnelles pronominales* qui peuvent être *subjectives* (idée de neutralité, d'action limitée à son auteur), *objectives* (idée d'action sur un régime direct), et *attributives* (idée d'action faite au profit d'un objet indirectement visé, idée du régime indirect) ; — RELATIONS DE TEMPS produisant les nombreux *temps* des grammairiens, imparfait, plus que parfait, futur antérieur ; — RELATIONS D'ÉTAT produisant les *modes;* — NUANCES DE L'ACTION produisant les *voix* dérivées comme dans les langues sémitiques ; — NUANCES DE SUJETS OU RÉGIMES produisant les formes personnelles ; — NUANCES DE TEMPS OU D'ÉTAT que nous rendons par les conjonctions de nos langues modernes. Quelques exemples vont éclaircir ces explications théoriques. Le grec *didômi* ou le sanscrit *dadhâmai* sont des formes simples d'une conjugaison personnelle ou pronominale subjective ; — le magyare *látlak* « je te vois » est un spécimen d'une conjugaison personnelle pronominale objective ; — le basque *daguizuet* « je le fais à vous plusieurs » est de la conjugaison attributive, de même que *natorkio* « je viens à lui » ; — les variations du verbe turc, *sevmek* « aimer », *sevdirmek* « faire aimer », *sevmemek* « ne pas aimer », *sevdirhememek* « ne pas pouvoir faire aimer », sont des voix dérivées ; le tulu, dravidien, en connaît l'usage de même que les idiomes finnois, et il peut dire *malpuve* « je fais », *malpéve* « je fais fréquemment », *maltruve* « je fais énergiquement », tandis que le magyare dérive de *ír* « il écrit », *irat* « il fait écrire », *irhatom* « je peux écrire », etc. — Quant aux formes personnelles, le

meilleur exemple que nous en puissions donner est celui des
allocutives basques dont nous avons déjà parlé.

On ne doit donc pas être surpris des innombrables expressions verbales minutieusement détaillées dans les grammaires
américaines ; le chéroqui peut nuancer ses verbes de la façon
suivante : *kutuwo* « je me lave », *kuléstûlâ* « je me lave la
tête », *tsestûlâ* « je lave la tête d'un autre », *takutêya* « je
lave des plats », *tsêyuwâ* « je lave un enfant », etc. Le tama-
nacan (Amérique centrale) dit *jucuru* « manger du pain »
jemeri « manger du fruit », etc. Un dialecte chilien a *elun*
« donner », *eluguen* « donner davantage », *elupen* « douter
si l'on donnera », *elupun* « passer en donnant », *elupan*
« venir pour donner », *elumepran* « aller pour donner en
vain », etc. Duponceau énumère les voix *substantive, positive, négative, causative, réfléchie, réciproque, continue,
fréquentative, habituelle, suppositive,* et les formes *générique,
pronominale, adjective, prépositionnelle,* etc., pour le seul
verbe algonquin, sans compter les nombreuses formes de
relations pronominales. La plupart des grammairiens citent,
en outre, beaucoup de modes et de temps, mais M. Sayce,
savant assyriologue anglais qui vient de publier un volume
remarquable sur la science du langage (1), fait observer que
l'idée de temps et de modalité est au fond complètement
étrangère à l'américanisme. Il n'y en a en effet que trois modes
et trois temps naturels, l'indicatif, le conjonctif, l'optatif ; le
présent, le passé et le futur. Les langues aryennes ont seules
les trois termes de ces deux séries ; la plupart des idiomes
agglutinants ne savent rendre que le présent et le passé tout
au plus et n'ont nettement conçu que l'indicatif : les langues
dravidiennes figurent à cet égard parmi les plus pauvres, et
celles de l'Amérique ne sont pas mieux douées. Il paraît que

____

(1) The principles of comparative philology. *London,* Trübner
and Cᵒ, 1874, in-8ᵒ, xv-381 p.

certains idiomes du Nouveau Monde savent former autant de verbes qu'il y a de régimes directs matériels possibles ; nous reparlerons de ce point dans les paragraphes que nous consacrerons à la composition et au vocabulaire. Il ne faut pas oublier cependant de faire observer dès à présent que dans beaucoup de ces langues, mais non pas dans toutes, il n'y a pas de radicaux originels ayant le sens de « avoir » ou « être »; l'algonquin est à ce propos aussi mal partagé que le tamoul ou le télinga.

La langue basque, au contraire, dans son état actuel, fait reposer toute sa conjugaison assurément fort compliquée, sur les deux verbes « être » et « avoir ». Son verbe n'est qu'une périphrase, formée d'un nom accompagné de divers suffixes et de plusieurs auxiliaires, parmi lesquels « avoir » et « être » jouent le principal rôle. « Je viens » se traduit par « je suis en action de venir » et « vous le mangerez » par « vous l'aurez à manger ». Cette combinaison permet de former deux voix, suivant qu'on joigne au radical l'une ou l'autre des expressions auxiliaires : « je suis dans cette chose qu'on appelle éclairer » c'est-à-dire « j'éclaire, je suis lumineux », verbe neutre, voix moyenne ou intransitive ; « j'ai tel objet dans cette chose qu'on appelle éclairer » c'est-à-dire « je l'éclaire, je lui donne de la lumière », verbe actif, voix transitive ou active. Le nom verbal peut être accompagné de toutes sortes de préfixes ou suffixes dérivatifs ; le prince L.-L. Bonaparte, dans son admirable *Verbe basque* (1), compte dix-huit radicaux de ce genre, dix-huit formes de noms verbaux usitées, exprimant de nombreuses nuances de l'action, de même qu'il compte onze modes, divisés en quatre-vingt-onze temps, et formés par l'union des auxiliaires

____

(1) Le verbe basque en tableaux (première partie et moitié de la seconde). *Londres*, 1869, in-4°, (IV) p., 11 tabl., XXXII-160 p., 1 tabl.

simples ou composés aux noms verbaux. Le verbe a trois
personnes et deux nombres : il conviendrait de compter à
part la seconde personne respectueuse, plurielle par la forme,
singulière par le sens, comme le « vous » français adressé à
une seule personne ou plutôt comme le *nîr* tamoul, pluriel
ancien devenu le singulier historique et qui s'est pluralisé en
nîngal : *nîr* est à *nîngal* ce que le *zu* basque « vous, singulier »
est à *zuek* « vous, pluriel ». Chaque expression verbale est
susceptible de quatre modifications différentes, suivant qu'on
parle familièrement à un homme ou à une femme, qu'on
s'adresse à une personne que l'on veut honorer, ou qu'on
n'ait pas l'intention de tenir compte de ces différences ;
chacune de ces modifications a dix-huit formes (vingt-et-une
en dédoublant la seconde personne) si elle contient le sujet de
troisième personne active, et douze (ou quinze) si le sujet est
des deux autres personnes : le verbe transitif n'a pas de forme
indéterminée : à l'inverse des langues finnoises, le basque ne
sait pas dire « j'aime » sans régime direct ; il doit toujours
en exprimer un. Il peut de plus exprimer un régime indirect,
mais, à l'époque moderne, seulement quand le régime direct
est de la troisième personne. De même que dans la plupart
des langues agglutinantes, les deux premières personnes ne
peuvent être à elles-mêmes leur régime. Ainsi, le basque ne
peut pas traduire exactement « il donne à lui, il donne, il
te donne à moi, il me donne » ; le système n'est donc pas
complètement développé. Le verbe intransitif n'a que sept
formes (huit) ou cinq (six) parce qu'il ne peut joindre au verbe
que l'idée d'un régime indirect. Enfin, chaque forme ou
modification du verbe est susceptible de recevoir un certain
nombre de terminaisons qui correspondent, par leurs signi-
fications, à nos conjonctions.

Tel est, en raccourci, le système complexe de la conjugaison périphrastique basque, objet de tant d'enthousiasmes
naïfs et point de départ de tant d'extravagantes hypothèses.
Mais cette conjugaison périphrastique, composée, n'est pas

primitive ; produite évidemment depuis que l'*eseuara* est entré dans sa période historique, elle a remplacé une conjugaison ancienne simple, représentée aujourd'hui par les auxiliaires et par un certain nombre de formes traditionnellement conservées. Ces formes permettent de ramener le verbe basque au point culminant de son développement ; il ne comprenait alors que deux modes, l'indicatif et le conjonctif qui en dérivait par un suffixe, et trois temps : le présent, l'imparfait et une sorte d'aoriste impliquant la possibilité éventuelle. Il ne connaissait qu'une voix secondaire, la causative, amenée par la dérivative *ra* ; ainsi d'*ikus* « voir » est sorti *irakus* « faire voir ».

SYNTAXE ET COMPOSITION. — La proposition, tant en eskuara que dans les idiomes de l'Amérique, est toujours très simple ; c'est aussi le cas de la plupart des idiomes de la seconde classe. Les phrases sont généralement courtes ; on ne connaît point les pronoms relatifs qui pourraient les relier l'une à l'autre. La complexité du verbe, qui réunit en un seul mot beaucoup d'idées, contribue à cette simplicité de la proposition, où le sujet et l'attribut tendent manifestement de leur côté à ne former qu'un tout avec leurs compléments respectifs. Ce but est atteint par l'invariabilité des adjectifs et surtout par la composition.

L'adjectif se place en algonquin devant le nom qualifié, tandis qu'en basque il se met après lui. Ce dernier idiome commet à ce propos une inconséquence, car il place toujours le génitif devant le nom possesseur, de même que dans les mots composés le déterminant précède chez lui le déterminé.

Une grande cause de la réduction des phrases, commune aux idiomes altaïques et aux langues américaines, la dérivation pronominale des noms, manque au basque. Il s'ensuit que l'eskuara distingue mieux le nom du verbe, tandis que le cri, par exemple, traite de la même façon ces deux espèces de mots ; aussi, plusieurs auteurs, entre autres M. Friedrich Müller, de Vienne, considèrent-ils le verbe américain comme

un simple nom suffixé et traduisent-ils l'expression *cri*
ni-sakih-a « je l'aime » ou *ni-sakih-ik* « il m'aime » de la
façon suivante « mon-amour-à lui », « mon amour par lui ».

Mais le basque, par son article suffixé, remplace jusqu'à un
certain point les dérivatives pronominales. On sait qu'en
magyare, le possessif de troisième personne supplée à l'article et au génitif, et qu'on peut dire *áz Urnak angyal-a* « du
Seigneur son ange » pour « l'ange du Seigneur » ; on peut
même redoubler ce suffixe et écrire *a' haz áz atyamé, amaz a'
szomszédéé* « cette maison de mon père sienne (est), celle-là
du voisin sien sienne » c'est-à-dire « cette maison est à mon
père, celle-là à celui de mon voisin » ; le basque dira d'une
façon analogue *etche hau ene aitarena, hura ene auzoarenarena*
« maison cette de-moi père-le-de-la, celle-là de-moi voisin-
le-de-le-de-la ».

L'eskuara ressemble beaucoup aux langues américaines
par un procédé de composition syncopée dont il offre d'assez
nombreux exemples. De *sagar* « pomme » et *arno* « vin » il
fait *sagarno* « cidre », de *odei* « nuage » et *ots* « bruit » *odots*
« tonnerre », de *ardi* « brebis » et *hume (kume)* « petit »
arkume « agneau », de *yaun goikoa* « le seigneur d'en haut »
yainkoa « dieu », de *janko dut* « je mangerai » *jankot* ; dans
oyarzun, oihartzun « écho » il y a évidemment *oyu, oihu*
« bruit » et *arri, harri* « pierre » etc. C'est ainsi que de *pilsitt*
« chaste » et *lénâpé* « homme » l'algonquin forme *pilapé*
« jeune garçon » ; de *toto* « lait » et *chominabo* « grappe »
le chippeway fait *totochabo* « vin » ; nous reviendrons dans
un paragraphe ci-après sur cette importante particularité.

VOCABULAIRE. — Nous avons déjà dit que d'une langue
américaine à une autre, le vocabulaire diffère radicalement.
A plus forte raison, les mots basques ont-ils une physionomie particulière. Il suffit pour s'en convaincre de jeter
les yeux sur le tableau ci-après où j'ai rapproché du basque trois dialectes algonquins, car c'est la famille avec
laquelle on lui trouve généralement le plus d'analogie ; je
donne aussi les mots correspondants d'un dialecte iroquois :

	LÉNAPÉ	ALGONQUIN	CRI	IROQUOIS	BASQUE
Je	ni	nin	netha	Iya, ka	ni
Tu	ki	hin	ketha	sa	hi (anc. ki)
Il, lui, celui	neha	win	wetha	ra	u, hau, hori, hura
Un	ngutti	ningot, péjik	piak	skáta	bat
Deux	nicha	nijo	nîchû	tekení	bi, bia, biga, bida
Trois	nacha	niso	nistû	aksò	hiru, hirur
Quatre	newo	new	naywû	gajôri	lau, laur
Cinq	palenach	nanan	neannan	wisk	borst, bost
Six	guttach	ningotwaswi	nickûtwassik	achiak	sei
Sept	nichach	nijwwaswi	nîchwassik	tchoátak	zaspi
Huit	chach	niswaswi	swassik	tôkiro	zortzi
Neuf	pechkonk	cangwaswi	kegatmetatat	wâtiro	bederatzi
Dix	tellen	mitaswi	metatat	wasché	hamar
Homme	lenni, lénâpé	inini	ethin	elchinak	gizon
Femme	ochkeu	ickwé	eskwâ	echro	emazte, emakume
Maison	wikwam	wigwam	»	yanoksájê	etche, -tegi
Soleil	gichu'h	kîsis	pisim	ontéka	iguzki, iluzki
Nuit	tpôku	débikat	tibisca	asksontha	gau
Père	û'h	nussé	nutawi	ioníhha	aita
Fils	kwis	nigwisis	négusis	héhâwak	seme
Œil	wuchkink	uskindji	miskichi	ogâkra	begi
Dent	wipit	tibit	wipi	onôtchia	hortz, hagin
Feu	tendei	skuté	skuta	otchichta	su
Eau	bî	nipi	nipí	uknéka	ur

IV.

Nous n'avons plus qu'à conclure, mais avant d'aborder
définitivement la question des rapports véritables entre
l'eskuara et l'américanisme, il faut résoudre une question
préalable. A en juger par les caractères exposés ci-dessus,
les idiomes de l'Amérique seraient manifestement agglutinants et devraient se ranger dans le second des trois grands
groupes morphologiques. D'où vient donc que, loin de
partager cette opinion, des linguistes autorisés proposent de
créer, au profit des idiomes qui nous occupent, un quatrième
groupe? C'est qu'ils prétendent que la différence entre
l'iroquois et le chéroqui ou entre le guaicuru et l'aymara
n'est point la même qu'entre l'iroquois et le turc, entre le cri
et le magyare. Malgré toutes les dissemblances, ils retrouvent,
disent-ils, un caractère général commun à toutes les langues de
l'Amérique; ce caractère, que présente aussi le basque, est
« le polysynthétisme ou incorporation ». Si cette proposition
est démontrée, le caractère américain du basque est incon-
testable. Il importe donc de la discuter.

Le polysynthétisme ou incorporation de l'américain est-il
un procédé original d'expression de relations, et convient-il
d'en faire la base d'une classification nouvelle, le signe
distinctif d'un quatrième type morphologique? Les faits
invoqués à l'appui de l'hypothèse se résument dans la composition syncopée à laquelle on rattache trois ordres de phénomènes : abondance de verbes dérivés, subordonnés, secondaires ; union au verbe des sujets et régimes ; fusion étroite
de tous les mots d'une phrase avec contractions et syncopes.
Examinons successivement ces trois particularités.

L'abondance des verbes dérivés est-elle autre chose que
de l'agglutination? On peut l'expliquer de trois façons
différentes : ou ces verbes se sont produits par la suffixation

d'éléments formels au même radical, et nous rentrons dans le cas général des langues sémitiques et des idiomes agglutinants ; ou il y a là des faits de composition comme ceux dont nous allons nous occuper en troisième lieu ; ou ils tiennent à la répugnance des idiomes inférieurs pour la généralisation, ce qui amène la production d'autant de radicaux verbaux qu'il y a de nuances d'une même action. J'ai cité plus haut des exemples.

L'union au verbe des sujets ou régimes mérite de fixer un peu plus l'attention. Il faut toutefois distinguer le cas où c'est un substantif, sujet ou régime, qui est fusionné dans le verbe, et celui où le verbe conjugué exprime seulement le régime pronominal, direct ou indirect : nous ne parlons pas du pronom sujet qui est joint au verbe dans la plupart des idiomes de l'ancien monde. Le premier cas que nous venons d'établir rentre dans les faits de composition dont nous nous occuperons tout à l'heure ; le second ne nous offre encore qu'une extension du principe agglutinatif. L'incorporation des pronoms régimes n'est pas spéciale aux langues américaines. En quoi l'algonquin *kisakihin* « je t'aime » diffère-t-il de l'hébreu *sabaqtâni* « tu m'as abandonné », du magyare *látlak* « je te vois », ou du basque *gaitu* « il nous a » ? C'est une question de plus ou de moins. Le suomi ou finnois n'incorpore que la troisième personne, le hongrois incorpore la seconde quand la première est sujet, le vogoule exprime dans son verbe la seconde et la troisième personne, le mordvine peut le faire pour les trois personnes. L'incorporation du régime indirect est à un degré de plus ; elle est familière au basque, ainsi qu'à certaines langues américaines où elle est moins bien organisée que dans le vieil idiome pyrénéen. On trouve même dans les langues indo-européennes des faits qui expliquent de semblables formations : quand, par exemple, en italien, les pronoms *vi* et *lo* deviennent de véritables enclitiques et qu'on peut dire, presqu'en un seul mot, *portandovelo* « vous le portant », quand en espagnol on dit

mandarme « me mander » et qu'on écrivait naguère *dexallo*
pour *dexar lo* « le laisser », n'a-t-on pas affaire à un
commencement d'incorporation ?

Quoiqu'il en soit, les deux caractères qui viennent d'être
examinés ne sont ni assez originaux, ni assez précis, ni assez
importants pour justifier la création d'un type morphologique
propre au Nouveau Monde. Ce serait donc le troisième qui
pourrait seul donner raison à une classification de cette
nature. Aussi est-ce surtout celui que l'on a mis en avant. Il
est défini de la manière suivante par M. Fr. Müller : « Les
« langues américaines reposent en général sur le principe du
« polysynthétisme ou de l'incorporation ; c'est-à-dire que,
« tandis que, dans nos langues, chacune des idées dont
« l'enchaînement trouve son expression dans la phrase se
« présente phonétiquement distincte, elles sont le plus sou-
« vent, dans les langues américaines, réunies dans une
« indivisible unité. Phrase et mots se confondent donc
« complétement. Par ce procédé, chacun des mots est
« abrégé et réduit sommairement à une de ses parties. »
Duponceau, qui a fort bien remarqué l'analogie des autres
caractères avec ceux des idiomes de l'ancien monde, explique
comment, à l'aide de l'ellipse, les peuplades indigènes
de l'Amérique sont parvenues à former des langues qui
expriment le plus grand nombre d'idées par le plus petit
nombre de mots possibles ; et l'on peut ainsi procéder à
l'infini. Voici quelques exemples significatifs : en groenlandais, *aulisariatorasuarpok*, qui a le sens de « il s'est hâté
d'aller à la pêche », se décompose en *aulisarpok* « il pêche »,
peartopok « il est à faire quelque chose » et *pinnesuarpok*
« il se hâte » ; — en chilien, *iduancloclavin* « je ne désire pas
manger avec lui » est formé de *in* « manger », *duan* « désirer »,
clola « ne pas », *vi* « lui » et *n* « je » ; — en lénâpé,
nadholinîn « amenez le canot » est pour *naten* « amener »,
amochol « canot », *i* euphonique, *nîn* « nous » ; — dans un
dialecte du Mexique, on dit *notlazomahuizteopixcatatzin* « ô

toi, mon père vénérable et estimable, gardien de Dieu », de *no* « mon », *tlazontli* « estimé », *mahuiztic* « vénéré », *teo-pixqui* « gardien de Dieu » et *tatli* « père ».

Ces exemples suffisent, ils montrent que le phénomène dont il s'agit n'est, en somme, qu'une application du principe général de facilitation de la diction, de la loi du moindre effort. C'est en vertu de ce principe que les anciennes langues aryennes écrites, le sanscrit entre autres (et à son imitation les langues dravidiennes), avaient développé une longue série de règles euphoniques pour la juxtaposition des mots d'une phrase ; et que les langues romanes, le français surtout, sont sorties du latin par la négligence de plus en plus généralisée des syllabes inaccentuées. Si l'on remarque d'ailleurs, comme on peut s'en rendre compte d'après l'esquisse ci-dessus, que les idiomes américains n'en ont pas moins une grammaire régulière, il devient difficile d'accorder à ce procédé de composition une telle importance qu'il puisse constituer un signe typique ; il n'y a là rien qui concerne proprement le but intime du langage, l'expression de la manière d'être, des relations de la pensée. Des traces de pareilles contractions se retrouvent du reste dans toutes les langues ; nous ne citerons que l'espagnol *hidalgo* pour *hijo de algo, usted* pour *vuestra merced, usia* pour *vuestra segnoria* ; l'allemand *beim* ou *zur* pour *bei dem* ou *zu der* ; on trouve maints exemples analogues dans la conversation vulgaire française. Le basque n'est donc pas la seule langue européenne qui se rapproche, à ce point de vue, de l'algonquin et du groenlandais ; il est vrai qu'on y rencontre plus d'exemples de ces compositions syncopées que dans aucun autre langage de l'Europe ou de l'Asie, mais qu'est-ce que cela prouve, puisqu'il ne s'agit plus d'un caractère linguistique spécial bien tranché ?

Il est essentiel au surplus, de ne pas perdre de vue que la composition est le seul procédé morphologique resté à la disposition d'un idiome qui ne se développe plus formellement et qui est entré dans la vie intellectuelle et historique.

C'est grâce à ce procédé que le basque, abandonnant sa vieille
conjugaison formelle, a développé cette abondante conjugaison périphrastique, terreur et admiration de ses analystes.
Les phénomènes qui viennent d'être signalés dans les langues
américaines, outre qu'ils ne leur sont pas exclusivement
propres, sont de simples faits de composition. Et cette faculté
de composition, secondaire en somme et relativement récente,
aurait la même importance que l'isolement, l'agglutination,
la flexion qui répondent au but direct du langage ! Cela n'est
pas possible et, Schleicher l'avait bien dit, quoique sans
s'arrêter à le démontrer, les langues américaines ne sauraient
être considérées que comme une subdivision de la seconde
classe linguistique, que comme une branche des idiomes
agglutinants, caractérisée à la fois par le polysynthétisme et
l'incorporation. Nous estimons en effet, avec M. Sayce, qu'il
faut soigneusement distinguer l'incorporation du polysynthétisme. Le premier de ces mots comprendra particulière-
ment, si l'on veut, les phénomènes de la conjugaison objective
ou attributive plus ou moins habituels aux langues de la
seconde classe ; il sera réservé à des faits de développement
préhistorique. Le second sera affecté aux formations contractées
familières aux idiomes de l'Amérique, et tout à fait identiques
à ces compositions par lesquelles on cherche, dans les temps
historiques de la décadence formelle des langues, soit à
précipiter cette décadence pour abréger le discours, soit à
remplacer des formes mal commodes, oubliées dans le cours
rapide et inexorable des siècles.

V.

Du résumé grammatical et des considérations qui précèdent,
il se dégage nettement, si je ne m'abuse, cette conclusion
qu'entre le basque et les langues américaines, il n'existe aucune
parenté réelle. Les analogies morphologiques constatées

entre les deux groupes ne compensent en aucune façon les dissemblances relevées et ne suppléent pas à l'incompatibilité des vocabulaires. Elles permettent seulement, dans une classification générale des idiomes agglutinants, de placer l'eskuara non loin des idiomes du Nouveau Monde. Dans cette grande catégorie agglutinante, où fait si piteuse figure la prétendue « famille touranienne » de M. Max Müller, on aurait, par exemple, la série suivante, par ordre de capacité agglomérative croissante : le groupe dravidien très-pauvre en formes, le groupe altaïque déjà incorporant, le groupe basque (je ne dis pas ibérien, le sens de ce dernier mot est encore indéterminé) pleinement incorporant et tendant au polysynthétisme, enfin le groupe américain tout à fait polysynthétique. Je n'indique que quatre anneaux de la chaîne; je ne puis ni ne voudrais donner une nomenclature complète : mon intention était seulement de montrer quelles places peuvent revendiquer le polysynthétisme, le basque et les langues de l'Amérique. Entre chaque anneau, il n'y a aucune parenté nécessaire, pas plus qu'il n'en existe entre les dialectes qui se groupent sous chaque anneau. On peut, à ce point de vue mettre ensemble le japonais et le tamoul, le hongrois et le mandchou, le basque et le lénâpé, le mohawk et le groenlandais ; le japonais, les langues dravidiennes, les langues finnoises, l'eskuara, les patois algonquins et les dialectes iroquois n'en constitueront pas moins des familles distinctes dont rien ne prouve l'origine commune.

Cette préoccupation de l'origine commune, de la dérivation unique des langues que je retrouve constamment sous la plume et dans la pensée de quelques linguistes, me semble au surplus profondément regrettable, parce qu'elle est, à mon avis, tout à fait incompatible avec la méthode naturelle de la science. La science n'est que la recherche désintéressée de la vérité, l'étude impartiale des faits susceptibles d'observation et d'expérience. Des régions sereines où elle plane et d'où elle prétend découvrir et formuler, avec une autorité

absolument incontestée, les lois qui président au devenir des
sociétés, elle ne doit pas se mettre à la remorque de partis,
de factions ou de coteries ; elle ne doit jamais sacrifier son
indépendance à des considérations pratiques vulgaires, ni
abdiquer ses plus nobles prérogatives au profit d'intérêts
plus ou moins respectables. Les époques néfastes où elle a
été éclipsée par l'impardonnable faiblesse de ses adeptes, les
jours pénibles où les travailleurs de l'esprit ont dû subir le
joug imposé par une force brutale, marquent autant d'arrêts
dans la marche ascensionnelle de l'humanité, et inaugurent,
dans la vie des peuples, autant de périodes heureusement
passagères d'abaissement et de décadence, où l'étude est
abandonnée, où le savant est déconsidéré, où l'homme ne
court qu'aux jouissances matérielles, où le despotisme et
l'ignorance règnent en souverains maîtres, où enfin, suivant
l'énergique parole du vieux poète républicain, « la philosophie
« est chassée du milieu du monde, la société est gouvernée
« par la violence, la parole de l'homme de bien est brutale-
« ment étouffée et tout l'amour du public est pour l'exécrable
« homme de guerre » :

> Pellitur è medio sapientia, vi geritur res,
> Sternitur orator bonus, horridus miles amatur
>
> (ENNIUS, *Annales*, LIC. UVIII.)